AF467368

PETITE BIBLIOTHÈQUE DE L'ENFANCE

AU PAYS DE L'ALPEROSE

PAR

ALPH. LEVRAY

PARIS
J. BONHOURE ET Cie, ÉDITEURS
48, RUE DE LILLE, 48

1877

N° 8

AU PAYS

DE L'ALPEROSE

IMPRIMERIE D. BARDIN, A SAINT-GERMAIN

LES CHAMOIS

AU PAYS DE L'ALPEROSE

PAR

ALPH. LEVRAY

PARIS
J. BONHOURE ET Cie, ÉDITEURS
48, RUE DE LILLE, 48

1877

AU PAYS
DE L'ALPEROSE

LE CHALET DU VAL CRISTALLINO

SCÈNES DE LA VIE ALPESTRE

I

Dans la haute région sillonnée par les ramifications des Alpes helvétiques, au pays des Grisons, si pittoresque et si rempli de contrastes, où l'on passe en quelques heures sous les climats les plus opposés, où trop souvent la plus riche végétation recule devant les moraines des glaciers, il est un vallon solitaire, nid caché par des cimes inaccessibles au regard du voyageur. Il semble même qu'un des bras du Rhin, descendu du lac de Skur dans la riante vallée de Medels, précipite son cours en approchant de l'endroit où s'ouvre le val Cristallino, comme impatient de fuir ces solitudes alpestres pour aller briller dans le vaste monde (1).

Cet humble val recèle pourtant des richesses très-appréciées. Des grottes tapissées des cristaux les plus purs lui ont valu son nom poétique, et leurs plus beaux spécimens ont servi à l'ornementation du tombeau de saint Charles Borromée, dans le Dôme de Milan. Des pâturages, mollement abaissés en gradins arrondis, y attirent pendant la belle saison quelques familles de la vallée de Medels, qui y possèdent plusieurs chalets. Les troupeaux y paissent un gazon court, serré, verdoyant, parsemé de fleurs et fourni de plantes savoureuses : aussi les fromages gras qu'on y fabrique jouissent-ils d'une certaine réputation.

A quelque distance, sur les hauteurs qui dominent le glacier du Scopi, se retirent comme dans un dernier refuge des chamois nombreux encore, espérant y être hors de l'atteinte

(1) Le Rhin du milieu, venu du Lucmanier, se réunit, près de Dissentis, au Rhin antérieur, issu du lac Toma, au Saint-Gothard. Le troisième bras, le Rhin postérieur, provenant du glacier de Rheinwald, près du Bernardin, les rejoint à Reichenau. Dès lors le fleuve porte des radeaux vers le lac de Constance, où il épure ses eaux limoneuses. Puis il franchit Schaffhouse, divise l'antique Bâle, et, tournant brusquement, va traverser des contrées historiques. Enfin, après un cours de 1,300 kilomètres, après avoir reçu 12,283 rivières ou ruisseaux, il se perd en partie dans les sables de la Hollande et se jette dans la mer du Nord.

de la balle du chasseur ou de la dent des ours; mais ils n'y échappent guère, non plus qu'au vigoureux coup d'ailes du grand aigle des Alpes, qui réussit trop souvent à les précipiter dans quelque abîme, afin d'en faire sa proie.

Par une belle après-midi du commencement de l'automne, un homme gravissait un sentier à peine tracé s'élevant en zigzag vers les sommités qui ferment au levant le val Cristallino. A cette altitude, le sol est presque dépourvu de végétation. A peine quelques touffes d'alpe-roses animent-elles ces sauvages solitudes. Le voyageur observait attentivement, quelquefois s'aidant d'une lunette, les galeries, les corniches que forment çà et là les anfractuosités des rochers. Arrivé sur le col, il s'arrêta pour explorer les alentours, et le résultat de ses investigations ne parut pas le satisfaire, car il eut un mouvement d'impatience qu'il réprima aussitôt; ensuite il se dirigea précipitamment vers une partie de la terrasse où il avait probablement aperçu quelque objet extraordinaire, et dès qu'il y fut, il se pencha pour examiner le terrain avec une attention soutenue. Puis, se redressant, il escalada lestement une roche élevée de quelques mètres, et d'où sa vue pouvait s'étendre à une plus grande distance. Bientôt il en redescendit.

— Les gredins!... murmura-t-il à voix basse, comme s'il eût craint d'être entendu. Oh! vieux monstres, il faut en finir.

Et il se tourna vers la montée qu'il avait suivie précédemment. Avant de s'y engager, il releva la tête vers les crêtes supérieures avec une expression de regret indéfinissable, et il parut hésiter encore tout en regardant autour de lui, désireux peut-être de poursuivre son premier but, mais évidemment intéressé d'une manière fortuite à l'abandonner pour une entreprise imprévue. Enfin, après avoir promené ses regards le long des parois rocheuses dans la direction d'une forêt de sapins, il s'écria :

— Oh ! je les tiens.

Dès lors il prit sa course presque en ligne directe, sautant de saillie en saillie, glissant dans les ravines creusées par les torrents, et il ne reprit que beaucoup plus bas le sentier qu'il avait suivi en montant.

Le costume de cet homme était celui des chasseurs de chamois : veste et pantalon de drap mi-laine, chapeau de feutre à grands bords, rougi et déformé par les pluies et le soleil; guêtres boutonnées jusqu'au genou et couvrant de forts souliers de montagne aux épaisses semelles garnies de plusieurs rangées de clous à petites têtes; une carnassière bien garnie était suspendue par une courroie à son épaule droite, et de l'autre côté sa carabine était passée en bandoulière; sa ceinture retenait une cartouchière, un maillet pour forcer la charge de son arme et une hachette destinée à lui ouvrir un passage dans les glaciers; enfin, comme complément indispensable, un bâton des Alpes (*alpstock*), armé d'un crochet de fer en haut et pointu au bas, servait à retenir sa course à la descente, comme il l'aidait, en montant, à gravir les endroits difficiles.

Notre chasseur avait une apparence robuste; pour mener une telle existence, il faut un corps souple et solide comme l'acier, et de plus un courage d'une trempe supérieure. Il paraissait âgé d'une quarantaine d'années.

Malgré cette descente rapide, il continuait d'exercer sa surveillance sur tout ce qui l'entourait, s'arrêtant parfois derrière quelque roche, et ne reprenant sa marche qu'après s'être assuré que rien n'apparaissait aux alentours.

Pendant ce temps, l'ombre avait gagné le val; elle montait lentement aux flancs des montagnes; enfin les glaciers et les cimes neigeuses revêtirent la teinte rosée du soir. Plus d'une lieue séparait encore le chasseur du point où la vallée se resserre; mais, absorbé par une seule pensée, il ne semblait pas s'apercevoir de l'obscurité croissante. Il atteignit ainsi une clairière de la forêt qui couvre le versant nord du val, et il s'y arrêta; puis il s'étendit sur la terre afin d'écouter les mille murmures de la forêt; apparemment qu'il put discerner quelque bruit imperceptible pour tout autre qu'un chasseur de profession, car en se relevant il laissa échapper un léger rire qui tenait en même temps de la menace et de la satisfaction.

Il reprit ensuite son pas ordinaire, mais en redoublant de précautions, et en décrivant une courbe afin de gagner le dessus du vent qui, vers le soir, descend des hauteurs. Il y avait évidemment dans la forêt des êtres auxquels le chasseur voulait dérober sa marche. La nuit était complète. La lune, sans se montrer encore, éclairait les sommets qui se détachaient vaporeusement sur le ciel plus foncé au zénith. Le murmure sourd des cascades, le vol de quelque oiseau de nuit, interrompaient seuls le silence qui règne le soir dans les vallées. A quelque distance, sur les premiers échelons du versant méridional, une faible lueur annonçait une habitation. Le chasseur y arriva enfin. C'était une de ces constructions primitives des Alpes, formées de planches à peine dégrossies, au toit couvert de larges pierres, placées ainsi pour le garantir des effets des ouragans qui dévastent si souvent ces hautes régions.

II

On ne peut se représenter un chalet grison ni d'après les jolies miniatures taillées par le couteau des pâtres de l'Oberland bernois, ni même par les coquettes habitations que le touriste admire sur les rives pittoresques des lacs de Thun et de Brienz. Dans les vallées situées entre le Saint-Gothard, le Lucmanier et le Splugen, un chalet n'est pas une maison : c'est une étable. Mais suivons notre chasseur.

Celui-ci poussa la porte entr'ouverte, et au bruit de sa carabine tombant lourdement sur le sol, quatre hommes et un jeune garçon levèrent la tête. Ils étaient assis sur des escabeaux à un pied et devant une table grossièrement équarrie.

— Dieu te garde! Caspar, et vous de même, Maria, ainsi que la compagnie.

Et après avoir essuyé soigneusement son arme, le chasseur alla la déposer dans un coin.

— Sois le bienvenu, Adler; viens ici, tu te reposeras en mangeant un morceau.

Le jeune garçon avança un siége et Adler prit place comme un convive attendu.

— Mais quel mauvais vent te ramène, Carl, reprit Caspar; n'as-tu pas retrouvé les pistes?

— J'ai rencontré d'autres traces, Caspar; tes chèvres sont-elles toutes rentrées?

L'hôte fit un signe affirmatif.

— J'irai coucher dans leur étable cette nuit, ajouta Adler, et s'ils ne viennent pas, comme j'y compte, ce sera pour demain matin.

— Mais de qui parles-tu, Carl?

— Ils sont revenus.

— Qui donc?

— Eh! les ours.

— Que tu as tant poursuivis l'automne dernier?

— Et qui m'ont volé tant de chamois... Mais je les tiens, cette fois, reprit le chasseur, après un moment laissé à l'étonnement de ceux qui l'écoutaient.

Maria, la femme de Caspar Palmi, quoique habituée aux récits de chasse dans ces montagnes où chaque année voit abattre environ cinq cents chamois et une dizaine d'ours, avait écouté avec un grand intérêt les paroles du chasseur, et son visage exprimait l'effroi.

— Sont-ils donc si près de nous, voisin Adler?

— Dans la forêt, là-bas, vers le *Hœllenschlund* (gorge d'Enfer).

— Ah! mon Dieu! dit Maria en se penchant sur une couchette où reposait un bel enfant de deux ans environ, aux joues colorées par le sommeil.

Caspar se tourna vers elle, et pour la distraire d'une sombre pensée :

— Ne sers-tu rien a Carl, femme? lui dit-il.

— Oh! Adler, excusez-moi, mais l'idée que ces ours...

Et après avoir placé sur la table une jatte de lait, un plat contenant un énorme morceau de vache fumée, ainsi que du pain d'orge, elle retourna près de son enfant.

Adler fit un véritable repas de chasseur : copieux et prompt. Caspar et ses aides apprêtèrent leurs pipes sans rompre le silence. Ces hommes portaient à peu près le même costume que le chasseur, sauf qu'ils avaient sur la tête une sorte de calotte de paille tressée. Maria était coiffée d'un petit bonnet de velours noir à pointe descendant sur le front; son corsage prenait toute la longueur de la taille et finissait également en pointe sur un jupon noir plissé et assez court. Ses bras étaient nus, toujours prêts au travail incessant que nécessitent le soin des vaches et la confection des fromages. Elle ne cessait de regarder le jeune enfant, avec une sollicitude que les mères comprendront, en supposant des animaux féroces dans le voisinage. Elle semblait murmurer une prière.

Caspar voulut rassurer sa femme.

— Ne crains rien, Maria, les ours ne viendront point nous attaquer ici. D'ailleurs ils n'enlèvent pas les enfants, dont les cris mêmes les mettent en fuite.

— Ma chère petite Anna! Oh! si un tel malheur me frappait!...

Et la mère s'approcha pour baiser au front l'enfant qui s'éveilla sous l'étreinte maternelle.

— Maman! dit la petite fille en lui tendant les bras.

Maria la prit et la pressa contre sa poitrine.

— Remets l'enfant dans son petit lit, dit le père en déposant sa pipe sur la table. Rassure-toi, femme, il n'y a rien à craindre. Tout au plus viendront-ils rôder autour de l'étable à chèvres.

— Et je serai là, reprit Adler en allant reprendre sa carabine. Qui vient avec moi?

— Moi, dit Elmer, un des vachers. C'est mon tour, cette nuit.

— Eh bien, partons, et nous ferons bonne garde, ajouta le chasseur.

— N'irai-je pas aussi, frère, dit le jeune garçon.

— Oh! non, Moritz, s'écria Maria. De quel secours serais-tu là-bas, si...

— Deux hommes de bonne volonté suffiront, dit Adler. Ils ne sont que deux aussi, et nous serons retranchés.

— Ne pourrais-je au moins y aller pour charger les armes? demanda Moritz, dont les yeux brillaient d'espérance.

— Tu resteras ici, interrompit Caspar. Ta sœur serait trop inquiète. D'ailleurs, il n'est pas certain que les ours sortent de la forêt.

Moritz se tut. Il savait que son beau-frère ne reviendrait pas sur sa décision.

Adler s'assura que ses munitions étaient en bon état, et il examina l'arme d'Elmer, dans laquelle il mit double charge de poudre, une rondelle de cuir soigneusement graissée, puis un petit lingot de fer long de trois centimètres environ, aplati d'un bout et pointu de l'autre, enfin par-dessus il enfonça une légère bourre de papier.

— Voilà ce qu'il faut, dit-il, pour trouer la peau d'un de ces vieux gredins. En route je vous expliquerai comme il faut s'en servir. Allons, bonne nuit, les voisins.

Dès que les veilleurs furent partis, Moritz

et les deux autres vachers montèrent dans une soupente au-dessus de la fromagerie où ils s'étendirent dans des cadres de bois garnis de foin. Caspar s'assura que tout était bien clos, que le foyer était éteint, et il alla rejoindre sa femme dans une pièce voisine où le lit de l'enfant avait été transporté. Souvent Maria se releva pour s'assurer que sa petite fille dormait près d'elle, et quand la lune eut cessé d'éclairer la chambre, elle étendit sa main sur l'enfant pour constater qu'elle était toujours à ses côtés. Le cœur de la mère s'élevait vers Dieu pour lui demander de la garder, et elle ne pouvait goûter le repos. Si parfois elle se laissait aller à un sommeil agité, son anxieuse sollicitude l'en tirait promptement. Enfin, après de longues heures, elle tomba dans une torpeur énervante qui triompha de son inquiétude au moment où le jour allait paraître.

III

En ce moment, les hommes se levèrent pour aller traire les vaches, et le cor des Alpes retentit dans la vallée.

Mais le bétail n'avait pas attendu cet appel.

Il accourait vers le chalet, comme poursuivi par un ennemi que son instinct lui avait signalé. La maîtresse vache, seule à l'arrière-garde, se retournait en abaissant ses cornes, semblant ainsi défier cet ennemi en protégeant ses compagnes, folles de terreur. Les mugissements prenaient un ton de plus en plus sinistre, qui fit une impression désagréable sur les vachers, incapables de distinguer ce qu'il y avait de réellement à craindre au milieu de l'obscurité qui régnait encore dans le val.

Un coup de feu retentit alors dans la direction de l'étable à chèvres, située un peu plus haut, et vint encore ajouter à la terreur qu'éprouvaient bêtes et gens. Qu'on veuille bien se représenter cette scène au moment du réveil, alors que la brise est fraîche et qu'on pressent un danger sans savoir d'où il viendra.

Les vaches paraissaient de plus en plus épouvantées; tantôt elles soufflaient avec effort en frappant la terre de leurs pieds; tantôt, rassemblées en lignes serrées, les yeux fixes et la tête basse, tremblant de tous leurs membres, il était impossible de les traire, malgré les paroles amicales que leur adressaient les vachers.

Cet état de choses dura jusqu'au moment où les cimes, dorées par les premiers rayons du soleil, annoncèrent avec le retour de la lumière, sinon la fin du danger, au moins la certitude de l'affronter en connaissance de cause. En cet instant, on vit une ombre accourir dans les vapeurs qui baignaient le fond de la vallée. Caspar reconnut Elmer.

— Que s'est-il passé? lui cria-t-il. Pourquoi avez-vous tiré?

— Les ours nous ont tenus en éveil durant toute la nuit, rôdant autour de l'étable sans en approcher, car ils nous avaient dépistés, et, à l'abri derrière les rochers des alentours, il nous a été impossible de les viser. Depuis que la lune est couchée, ils se sont enhardis, mais, supposant que nous n'étions pas endormis, ils se sont éloignés de nouveau. C'est probablement en voulant saisir une génisse qu'ils ont effrayé le troupeau. Alors Adler a déchargé sa carabine afin de vous avertir.

— De quel côté pense-t-il que les ours se dirigent en ce moment ?

— Il suppose qu'ils vont rentrer dans la forêt. Du reste, il m'a chargé de vous annoncer qu'il passera au chalet avant de continuer la chasse.

Les sommets neigeux s'éclairaient tour à tour; une lueur rosée se répandit sur les pentes élevées, puis descendit graduellement jusqu'aux premiers échelons des montagnes. Enfin, avec le jour, l'agitation du bétail se calma, et l'on put commencer à le traire. Chaque vache vint à l'appel de son nom. Les fromagers, s'attachant à la ceinture les escabeaux à un pied, s'occupèrent à remplir les seaux d'un lait écumeux.

Maria ne parut point à cette opération. Bientôt, le bétail, complétement rassuré, se disposa à regagner les alpes fleuries pour y tondre l'herbe savoureuse mêlée de baudremoine et de plantain. La maîtresse vache, ornée de la clochette aux sons joyeux et argentins, prit la tête du convoi, et ses compagnes la suivirent en bondissant, pendant que les vachers roulaient dans leur gosier ces longs refrains alpestres qui n'expriment ni mots ni idées, mais qu'on ne saurait comparer à rien de la musique des villes.

Tout en ioulant ainsi, ils se disposaient à reprendre la route du chalet, lorsque le chasseur parut. Selon ses prévisions, on pouvait monter à l'étable à chèvres, afin d'y traire ces bêtes et les envoyer ensuite sur les roches voisines, sous la garde du jeune Moritz.

Le temps était magnifiquement serein. Quelques nuages, tout à l'heure rosés, blanchissaient, puis se dissipaient le long des pentes.

La fauvette faisait entendre son délicieux ramage, auquel répondaient la farlouse aquatique et le petit cri des mésanges ou le babil des étourneaux; parfois, tous se taisaient. C'est qu'ils avaient entendu le cri enroué de quelque autour affamé que l'œil de l'homme ne pouvait apercevoir. Puis le concert recommençait, entremêlé de vols vagabonds et de chasses aux insectes, aux baies et aux graines. Ces apparitions fugitives, ces chants si variés rassérénaient le cœur de ces hommes tout à l'heure troublés et craintifs. Le paysage, singulièrement relevé par le troupeau épars, semblait perdre de sa sauvage grandeur. Rien n'est beau comme les premières heures du jour dans ces retraites des Alpes.

Un seul homme paraissait soucieux en face de ces splendides magnificences. L'œil au guet, la main sur la détente, il s'arrêtait souvent pour examiner la terre. Plus on avançait vers le chalet, plus aussi il hâtait le pas, accompagné seulement de Caspar, qui avait remarqué avec alarme les allures inquiètes de son ami.

— Que crains-tu donc, Carl ? Les ours sont loin, n'est-ce pas ?

— Peut-être, répondit le chasseur en faisant halte tout à coup. Mais où est Elmer ?... Nous n'avons que ma carabine et ils sont deux !

— Les aperçois-tu?

— Non, je n'en vois qu'un seul. Seigneur Jésus! regarde... ô ciel!...

— Maria! s'écria Caspar d'un accent où il mit toute son âme.

Un cri d'angoisse lui répondit. Sa femme, à demi vêtue, les cheveux épars, apparaissait près du chalet, un couteau à la main et tenant dans l'autre un lambeau de vêtement. Elle fit quelques pas en apercevant son mari, puis elle jeta un second cri et tomba inanimée comme si elle eût reçu le coup mortel.

Caspar, devançant le chasseur, comme poussé par une force vertigineuse, se précipita vers sa femme, la considéra un instant prompt comme l'éclair, et s'emparant du couteau qu'elle tenait de ses doigts crispés et sanglants, le pauvre père s'élança dans la direction de la forêt. Adler courait à côté de lui en apprêtant son arme.

Les deux ours s'engageaient dans un labyrinthe de roches et de sapins; l'un d'eux emportait l'enfant...

Tout cela s'était passé en moins de temps qu'il n'en faut pour l'écrire. Les deux hommes couraient sans échanger une parole. Il n'y avait pas une minute à perdre. La chère petite fille, suspendue comme une masse inerte à la gueule hideuse de la bête, semblait privée de vie, et sur le chemin des traces de sang, sinistre présage, annonçaient qu'il ne restait qu'à tirer vengeance de ses ravisseurs. Adler s'arrêta, visa l'ours à la tête, et la détonation, répercutée par les gorges voisines, fut comme un roulement de tonnerre auquel répondit une clameur d'effroi poussée par les vachers à la vue de Maria étendue sans mouvement sur le sol.

IV

Voici ce qui s'était passé au chalet.

Le son du cor des Alpes, les chants des vachers avaient sans doute interrompu le sommeil d'Anna, qui s'était glissée près de sa mère. Celle-ci, éveillée par les doux baisers de la petite, y avait répondu d'abord par des caresses ; puis, plongeant son regard plein d'amour dans les yeux purs et limpides de l'enfant, elle lui avait dit de ces mots que seules savent trouver les mères, mots touchants de tendresse, histoires naïves, qu'elles puisent aux sources de l'affection la plus forte, la plus durable que Dieu ait donnée à la femme comme compensation aux douleurs et aux déceptions de la vie. Enfin il avait fallu que Maria s'arrachât à ces délicieux épanchements pour vaquer aux soins journaliers, ce qu'elle ne fit pas sans avoir prié le bon Père qui les avait gardées jusque-là.

Maria n'avait rien entendu de la scène qui avait précédé l'aube. Debout sur le seuil, elle voyait les vaches remonter lentement aux pâturages ; le temps était magnifique, il avait cette placidité rare qui s'allie aussi bien à l'uniformité des plaines vertes ou blondes qu'aux jeux de lumière et d'ombres des pays de montagnes. Ses craintes de la veille s'étaient évanouies. Elle laissa donc Anna, comme une abeille joyeuse, s'ébattre gaiement au dehors sous les premiers rayons du soleil.

Mais les ours rôdaient non loin de là, en quête d'une proie facile. Tout à coup, sans qu'aucun bruit eût décelé leur approche, l'un d'eux renversa la petite fille, qui poussa un cri aigu. La mère répondit à cet appel en se précipitant au secours de son enfant. Hélas ! il était déjà trop tard. L'ours, ouvrant une gueule hideuse, la saisissait au corps, et Maria ne put retenir qu'un léger lambeau de la robe dont elle venait de vêtir sa fille avec tant de bonheur.

En proie à des terreurs affreuses, mais sans abandonner un courageux espoir, elle s'élança dans le chalet, et en ressortit aussitôt, armée d'un couteau, afin de tenter un suprême effort. Le ravisseur n'avait pas eu le temps de s'éloigner. C'était un ours gris, un mâle de la plus forte taille. Attaqué par Maria, frémissante et désespérée, l'animal se détourna en grognant et ainsi esquiva le coup. La mère renouvela sa tentative, mais le couteau glissa dans l'épaisse fourrure sans entamer la peau, et blessa la main mal affermie qui le dirigeait. L'ours s'éloigna en emportant l'enfant qui poussait des gémissements entrecoupés auxquels répondit ce cri d'angoisse entendu par le malheureux père.

Palmi, lorsqu'il fut près du corps inanimé de sa compagne, eut un moment d'indécision. Deux affections, deux devoirs se combattaient en lui. Pouvait-il abandonner son enfant pour secourir sa femme? Ne devait-il pas plutôt, en confiant celle-ci au céleste Protecteur des affligés, espérer que les vachers ou Moritz, témoins sans doute de ce qui se passait, descendraient bientôt près d'elle? Sa fille respire peut-être encore ; oh! s'il pouvait la remettre dans les bras de sa mère, en menant à bonne fin la courageuse entreprise que celle-ci avait commencée !... On sait quelle fut sa décision ; mais dans les moments suprêmes, l'imagination fait surgir un monde d'idées.

Adler avait visé à la tête de l'ours, mais celui-ci fit alors un mouvement de côté, et reçut le projectile dans l'épaule ; sa fuite en fut ralentie, et Caspar espéra l'atteindre bientôt ; le chasseur rechargea sa carabine, se promettant d'être plus adroit au second coup. Malheureusement ces espérances semblaient irréalisables pour le moment ; les difficultés du terrain, couvert de broussailles et jonché de blocs de toutes dimensions, en dérobant parfois l'ours aux regards, retardaient aussi la poursuite, et il fallait tirer avec certitude sous peine de perdre un temps précieux. Il y eut ainsi des alternatives de crainte et d'espoir, suivant que l'ours paraissait ou disparaissait.

Tout à coup Carl s'arrêta et parut irrésolu ; puis, sans avertir son compagnon, il se mit à gravir lestement un mamelon à sa droite. C'était une ruse. De l'autre côté se prolongeait la gorge dans laquelle le premier ours s'était engagé et qu'allait suivre celui qui emportait l'enfant.

Caspar continua sa course sans s'apercevoir qu'il était seul. To[illegible]ttention se portait sur l'ours qui s[illegible] ses forces avec le sang dont il arrosait le sol. Un secours vint alors ranimer son courage. Un énorme chien-loup, dont l'aboiement sonore et clair se faisait entendre depuis le commencement de la poursuite, fut bientôt à ses côtés. C'était le chien d'un chalet voisin, et sa présence annonçait probablement du renfort.

— Bien, mon brave Spitz, dit-il, tu vas nous aider.

Il s'aperçut alors que Carl ne le suivait plus, et levant la tête, il le vit escaladant la colline. Il comprit la tactique du chasseur. Il s'engagea avec le chien dans la gorge sinueuse en suivant les bords d'un torrent au lit encaissé. Néanmoins ils gagnaient l'ours de vitesse. Ils allaient l'atteindre lorsque Carl apparut près d'un bouquet de pins qui couronnaient la crête.

— Attends, Caspar, n'approche pas, cria-t-il en épaulant sa carabine.

Malheureusement, désireux de sauver ou de venger son enfant, stimulé encore par l'ardeur de Spitz, le père n'entendit pas ces paroles. Se voyant serré de si près, en butte aux attaques du chien, l'ours fit volte-face et Caspar leva son arme.

— Retire-toi, répéta le chasseur.

Au même instant l'ours recevait un coup de

couteau qui lui ouvrait le flanc, mais Palmi tombait abattu sous l'énorme griffe qui lui déchirait l'épaule et le bras. Carl hésita, et l'ours profita de ce répit pour se dérober dans un dédale de rochers, toujours vivement pressé par Spitz.

Carl se laissa glisser jusqu'au bas de la colline afin de secourir Caspar. Les animaux avaient disparu dans les profondeurs de la sombre gorge.

V

Qu'était devenue Maria? Elle avait peu à peu repris connaissance et en même temps lui était revenu le sentiment de l'affreux malheur qui la privait de l'enfant sur lequel se concentraient toutes ses joies. Moritz avait été témoin de la catastrophe, et rapidement il était descendu vers le chalet. Maria se jeta dans ses bras en pleurant. Ils ne surent que confondre leurs larmes. Mais ce premier mouvement ne fut pas de longue durée, et le jeune garçon, s'arrachant à l'étreinte de sa sœur, s'avança vers Elmer.

— Donnez-moi votre carabine, lui dit-il ; je veux rejoindre mon frère.

— J'irai avec vous, Moritz, mais je garderai cette arme.

Et le bon vacher s'élança en avant.

— Je vous suivrai, dit Maria avec un accent résolu.

Les autres vachers essayèrent vainement de la dissuader de cette tentative désespérée.

Moritz était armé de son bâton ferré, les vachers s'emparèrent de fourches déposées sous le hangar. On voyait en même temps accourir les hommes du chalet le plus voisin.

Lorsque la petite troupe atteignit la gorge où gisait encore Palmi que Carl venait de panser, le désespoir de la mère infortunée parvint au plus haut paroxysme. Perdre à la fois ses deux bien-aimés, c'était trop pour son cœur. Néanmoins elle sortit bientôt de cet abattement qui fit place à une surexcitation fébrile.

— Restez ici, Maria, dit le chasseur profondément ému, et vous autres, en avant !

— Mon Dieu, s'écria-t-elle en se tordant les mains et en s'agenouillant près de son mari, Seigneur Jésus, envoie le secours !

Elmer et Carl suivaient déjà les pistes, faciles à reconnaître : Spitz donnait de la voix. Mais après un hurlement épouvantable on cessa tout à coup de l'entendre. L'ours avait-il fait une nouvelle victime ? Presque aussitôt après, Carl et Elmer découvriront les deux ours à l'entrée d'une cavité située au pied d'une roche escarpée qui semblait fermer toute issue de ce côté. Le mâle, étendu sur le sol, la gueule béante et tout sanglant, paraissait privé de vie. Les chasseurs s'arrêtèrent pour reprendre haleine, sachant combien allait être périlleux le dernier combat. Rien n'est terrible comme les efforts de ces animaux lorsqu'ils se voient acculés. Anna n'était pas près d'eux, et le chien avait disparu.

— Nous tirerons ensemble, dit le chasseur à voix basse. Achève le blessé, je me charge de l'autre.

— C'est entendu, répondit Elmer, et que le Seigneur nous aide. Pauvre mère ! nous n'avons pu sauver son enfant ; et le brave homme essuya une larme.

L'ourse témoignait par ses grognements une sorte de sollicitude pour son compagnon. Elle releva la tête comme si elle eût pressenti l'approche d'un danger imminent, puis, se couchant, elle léchait le sang qui coulait des plaies de celui qui allait mourir, et se relevait, tournant et retournant pour s'apprêter à le défendre et à vendre chèrement sa propre vie ; alors elle grognait avec rage, cherchait à faire lever le mâle afin de le pousser dans la grotte. Celui-ci, de son œil brun, presque bienveillant, semblait remercier sa femelle, qui le caressait encore en poussant une espèce de son plaintif et doux. N'eût été la disposition d'esprit dans laquelle devaient naturellement se trouver les chasseurs, on aurait pu être touché de l'affection que se témoignaient ces animaux.

Carl rampait dans les broussailles pour se rapprocher de la grotte; Elmer s'était placé derrière une roche. Le chasseur devait donner le signal. Mais ils furent prévenus par la femelle qui bondit tout à coup de leur côté. Le mâle fit un effort et voulut se dresser, mais il retomba aussitôt en jetant un dernier grognement. Une seule détonation avait retenti. Elmer, troublé, avait cru entendre le signal convenu, et il avait tiré. Cette fois enfin l'ours était mort.

Toute la fureur de l'ourse se tourna contre l'imprudent vacher. Vivement attaqué, il se défendit à coups de crosse; l'animal se leva debout et chercha à le saisir pour l'étouffer entre ses robustes pattes. Carl l'avait mise en joue, mais il n'osait tirer, craignant de blesser Elmer. Celui-ci, ne pouvant plus frapper, prit des deux mains sa carabine et la présenta en travers de la gueule béante. Le bois fut brisé et le canon vola en l'air. C'en était fait de l'homme, si Carl n'eût enfin saisi un moment favorable pour décharger sa carabine. L'ourse, grièvement atteinte à la tête, se retira en chancelant vers le cadavre de son compagnon. Elle grogna d'une manière si épouvantable que la gorge en retentit lugubrement ; et ce cri vint frapper d'un nouvel effroi la pauvre mère et les voisins qui étaient parvenus près d'elle.

Carl ne perdit pas de temps pour recharger son arme ; il supposait avec raison que l'ourse reviendrait sur eux. C'est ce qui arriva. Le regard flamboyant, les dents claquant de rage, elle se rua de nouveau vers le pauvre Elmer. Les autres vachers paraissaient en ce moment et poussaient des cris en brandissant leurs fourches. Mais à cette distance ils ne pouvaient être d'un grand secours à leur ami, et Carl n'avait pas achevé de recharger.

— Réfugie-toi derrière cet arbre, lui cria le chasseur.

Ému par le danger qu'il courait, Elmer s'élança, embrassa le tronc d'un pin et grimpa précipitamment. L'ourse se lève, heureusement l'homme est déjà hors de son atteinte, et une dernière détonation délivre enfin la contrée de ce redoutable animal. Les vachers, craignant qu'elle ne se relève encore, lui enfoncent leurs fourches dans les flancs.

VI

Caspar, pâle et défait, appuyé sur sa femme, arrive en cet instant. Ils sont accompagnés de leurs voisins, armés de carabines et de pieux. Moritz s'élance vers Carl afin de s'enquérir si l'enfant est retrouvé.

Le chasseur ne peut ni ne veut répondre à ses questions devant la douleur intense des deux époux dont les regards se portent alternativement vers lui et vers les ours étendus sans vie, mais du côté de ceux-ci avec une appréhension pleine d'angoisse.

— Elle n'est pas là, dit enfin Adler.

— Je saurai la retrouver, s'écrie la mère.

Les hommes se dispersent en tous sens. On voit alors arriver le brave Spitz. Ses entrailles balayent la terre; il va vers son maître et il expire à ses pieds en jetant un regard plein d'expression vers Maria.

Caspar, très-affaibli, ne peut plus se soutenir. Un voile de sang couvre ses yeux. Les douleurs de son âme l'emportent encore sur les souffrances de la chair. Maria l'embrasse en sanglotant et le quitte pour se mettre à la recherche du pauvre petit corps qu'elle veut dérober aux oiseaux de proie. Elle explore ces sites à droite, à gauche, en tous sens, retournant par le chemin qu'ont dû suivre les ours à travers cette gorge affreuse, hérissée de débris d'arbres et de pierres, d'épines et de broussailles. Aucun obstacle n'arrête ses pas. Elle s'y déchire les vêtements et la chair, mais elle sait, par un pressentiment maternel, qu'elle découvrira son enfant.

Un lieu couvert attire ses regards. Là les plantes et les arbustes sont couchés sur le sol ; elle ne doute point que les ours n'y aient passé. Elle gravit la pente par laquelle est descendu le bon chien et elle arrive à une grotte obscure. Des ossements se trouvent à l'entrée. Elle ne peut les franchir. Quel horrible spectacle !... Mais un faible gémissement a frappé son oreille. Elle écoute. Moritz, qui l'accompagne, a recueilli comme elle ce léger indice qui ressemble au murmure du vent dans les bois.

— Sœur, dit-il, ces restes ne sont point d'un enfant. Ce sont des os de chamois et d'autres bêtes, et il y a longtemps qu'ils sont là. C'est le repaire des ours. Anna est dans cette grotte, viens !

Maria rouvre les yeux qu'elle avait fermés, croyant n'avoir à recueillir que de sanglantes dépouilles. Sans répondre à son frère, elle franchit ce qui, tout à l'heure, lui causait tant d'effroi, et elle est au fond de la grotte avant Moritz.

— Elle vit! s'écrie-t-elle; mon Anna! Merci, mon Dieu!

Et elle s'agenouille près de cette chère enfant qu'elle ose à peine baiser, car elle a déjà constaté avec une indicible douleur que la pauvre petite créature est couverte de blessures, peu profondes, mais par lesquelles s'écoule un sang précieux. Anna est privée de mouvement, ses yeux sont clos, son petit visage est couvert des pâleurs de la mort. Va-t-elle être ravie une seconde fois à l'amour de sa mère? Maria craint de toucher ses petits membres endoloris. Elle voudrait souffrir seule de toutes ces blessures, perdre tout son sang, mais retrouver le regard aimant de celle qui lui est plus chère que la vie.

Cependant elle veut faire partager son bonheur à Caspar. Moritz a deviné sa pensée, et à l'entrée de la grotte on l'entend crier :

— Anna nous est rendue, Dieu soit loué!

Les peuples montagnards sont essentiellement religieux. Au sein de cette nature tour à tour âpre et riante, ils se sentent plus rapprochés du Créateur, dont ils éprouvent plus directement, si l'on peut ainsi s'exprimer, les bienfaits et les compassions. Ces rudes vachers se découvrirent, et à genoux adressèrent une prière fervente et simple comme leur âme à Celui qui avait protégé si miraculeusement l'enfant du chalet. Maria, avec sa fille enveloppée dans la veste de Moritz, descendit lentement la pente obstruée de broussailles, et, arrivée près de son époux, elle s'agenouille avec son précieux fardeau pour s'unir aux actions de grâces qui montaient vers le ciel. Son regard plein de reconnaissance s'élevait avec son cœur attendri pour remercier Celui qui pouvait seul achever la délivrance après tant d'angoisses et de mortelles inquiétudes. Elle ne doutait plus.

Le père oubliait ses cuisantes douleurs et reprenait des forces. Le courageux Adler, non moins ému, sentait avec la famille consolée que le bras de Dieu avait seul amené cette suprême victoire sur la mort.

Mais comment avait été sauvée la chère enfant ? C'est ce qu'on ne sut jamais. La poursuite incessante dirigée contre eux avait-elle empêché les ours de déchirer leur proie ? La dernière attaque du pauvre Spitz dans le repaire avait-elle fait lâcher prise à ses féroces ravisseurs ? C'est ce que personne ne put expliquer ; mais pendant bien des années la mère revit par le souvenir le dernier regard du chien expirant, instrument de Celui qui avait sauvé sa fille.

La troupe se disposa à retourner au chalet. Après avoir lavé les traces des morsures, Maria eut la joie d'entendre de nouveau cette douce voix qu'elle avait crue éteinte pour jamais. Adler, ainsi que tout chasseur exposé aux accidents, possédait une petite fiole contenant de l'esprit-de-vin dans lequel il avait fait infuser des racines d'arnica et d'autres plantes salutaires. Il la remit à Maria, qui en connaissait l'usage. Puis, considérant sa tâche comme achevée, désirant se dérober à la reconnaissance des Palmi, il échangea une cordiale poignée de main avec Elmer, et il s'éloigna silencieusement pour reprendre sa chasse aventureuse, abandonnant la dépouille des ours et la prime à laquelle il avait droit.

Le retour se fit lentement, vu l'état de faiblesse de Caspar. Bientôt on abandonna la gorge d'Enfer. On entendit de nouveau le son doux et affaibli des clochettes du troupeau établi sur les pentes et dans les plis gazonnés des pâturages. La matinée était calme et sereine. A cette heure, quelques oiseaux seulement chantaient encore. Le soleil dardait ses rayons directs sur le sol, et eût ajouté à la fatigue de Maria et de Palmi s'ils eussent pu se sentir las en contemplant celle qui repassait par cette voie douloureuse, mollement bercée dans un petit nid de mousse, sous l'abri du sein maternel.

C'est ainsi qu'ils rentrèrent au chalet. Anna fut remise alors dans le lit qu'elle avait quitté le matin pour recevoir de si douces caresses. Mais la mère ne savait plus trouver les mots que l'enfant essayait naguère de répéter. De la poitrine d'Anna s'échappaient de gros sanglots, qui avaient un écho dans d'autres cœurs. Enfin, après une longue attente, elle tendit les bras, ouvrit les yeux, et sa faible voix murmura :

— Maman ! maman !... ôte la bête.

— Mon enfant ! s'écria la mère en tombant à genoux près du berceau. Que le Seigneur qui t'a sauvée de cette mort te garde pendant de longs jours ; qu'il te guérisse et nous donne de ne jamais oublier la grâce qu'il nous a accordée !

— Ainsi soit-il, dit Caspar en saisissant la main que Maria lui tendait.

VII

Quelques semaines après, octobre descendait avec les premières neiges. Les fleurs allaient disparaître sous le voile de l'hiver. Adieu, douce alperose, bleu myosotis, lis sauvage, adieu, noble gentiane, et toi, humble astralia; cédez la place aux brouillards mouvants, aux rafales glacées, un jour vous renaîtrez sous le souffle du renouveau. Les pâtres aussi vont quitter la montagne; voyez, les troupeaux se rassemblent, moins gais, moins animés qu'au printemps : c'est qu'ils vont abandonner l'air libre et la fraîcheur des pâturages pour retourner aux étables de la vallée de Medels. Bientôt ici tout sera blanc, désert, silencieux. On retrouvera là-bas les longues soirées aux douces causeries, où l'on redira les vieilles légendes des chalets qui firent rêver et frémir tant de générations. L'histoire d'Anna aux ours va faire à son tour frissonner les enfants et les mères.

Le ciel est gris, et les sommités ont disparu dans les brumes. Une harmonie mélancolique se fait entendre dans le val, produite par ces grosses clochettes aux tons graves, portées par les plus belles vaches de chaque troupeau, et auxquelles d'autres plus petites viennent mêler leurs voix plus claires et plus légères. Le signal est donné par le cor des Alpes. Un petit chevrier prend la tête du convoi, les vaches le suivent entourant le fier taureau, puis viennent les chèvres, les veaux et les génisses. Le maître du chalet ferme la marche avec le cheval de somme qui porte les ustensiles. Les vachers vont et viennent sur les côtés pour exciter les bêtes retardataires. Ils chantent encore, mais leurs mélodies sont moins joyeuses, les tons moins élevés qu'à l'arrivée, lors du réveil de la nature.

C'est ainsi que Palmi, Maria et leurs serviteurs quittent le val Cristallino. Un petit chariot traîné par des chèvres transporte Anna. Un jeune chevreau blanc est couché devant elle. Parfois il s'échappe pour bondir capricieusement sur la route et l'enfant exprime sa joie en battant des mains. Ces deux êtres sont les seuls qui paraissent éprouver du bonheur. Pour eux, les brumes et la neige n'existent pas encore. Maria guide l'attelage, et Palmi, le bras en écharpe, veille à la conduite de la caravane, aidé surtout par le bon Elmer. Bientôt ils arrivent aux confins de la vallée de Medels. On entend mugir le Rhin. La famille donne un regard d'adieu à ces pâturages naguère riants et animés qui vont être changés en blanche solitude. Moritz est absent, on le cherche, on l'appelle. Enfin, on le voit accourir.

— Pourquoi es-tu en retard? lui dit sa sœur.

Le jeune garçon rougit et va embrasser sa chère petite nièce, en replaçant dans le char le chevreau fatigué.

— Qu'avais-tu à faire là-bas? reprend Maria.

— J'ai voulu dire un dernier adieu à Spitz, répond-il, et le tertre où je l'ai déposé près du chalet est recouvert maintenant d'une grosse pierre. Je retrouverai la place au printemps et j'y sèmerai des fleurs.

Un baiser de la sœur récompense ce tendre souvenir qui rappelait des actes de dévouement et la délivrance envoyée par l'Éternel.

LES AVENTURES D'UN CHAMOIS

LÉGENDE ALPESTRE

I

J'avais passé la nuit à l'hôtel de l'Ours, au Grindelwald, dans l'Oberland bernois. Ayant la veille visité le glacier inférieur, je désirais voir le glacier supérieur qui descend entre le Mettenberg et le Wetterhorn. J'y arrivai après une heure de marche et de bon matin. J'entrai d'abord dans une grotte spacieuse, fantastiquement ouverte dans la glace, semblable à un immense rocher de saphir; après quelques instants d'indicible surprise, j'entonnai un chant religieux sous une crevasse d'où j'apercevais le ciel; mais ma voix n'éveilla point d'écho sous ces voûtes ruisselantes. Même l'ombre de la vie ne peut apparaître dans ces domaines silencieux de la mort. Je me hâtai de sortir pour me sentir revivre, et, après avoir remonté du regard jusqu'aux neiges splendidement éclairées par le soleil, je cueillis une de ces fleurs qui se plaisent aux confins des glaces, et je repris le sentier qui s'élève vers la Grande-Scheideck.

Ce sentier, praticable seulement « pour les chevaux, » est une large ornière boueuse, encombrée de galets et de débris de schiste noir. A droite et çà et là s'étalaient des flaques de neige grisâtre, restes des dernières avalanches. A gauche, des prairies solitaires s'étendent vers le Faulhorn et les autres sommités qui, de ce côté, dérobent aux regards le lac de Brienz.

Après une ascension de trois heures, et fatigante, j'atteignis un grand chalet situé sur le col de la Grande-Scheideck. Mais avant d'y arriver, j'avais tout à coup entendu une mélodie alpestre provenant d'un cor des Alpes, dont les sons, lancés par tierces ou par octaves, et répercutés par les flancs du Wetterhorn, revenaient en modulations pleines tout à la fois de douceur joyeuse et d'un charme mélancolique. Cet instrument, en bois, de deux mètres environ de longueur, était joué par un brave homme, qui surprend ainsi agréablement le voyageur harassé. J'offris quelques sous au joueur d'alphorn et je demandai l'autorisation d'essayer son instrument. Oh ! quels sons j'en tirai ! ils durent épouvanter les êtres qui les entendirent.

Après avoir déjeuné au chalet de la Grande-Scheideck et jeté un dernier regard sur la vallée de Grindelwald, je descendis la pente orientale qui mène vers la vallée du Reichenbach. J'aperçus bientôt des alperoses (rhododendron) à la corolle écarlate tranchant sur le beau vert lustré de leurs petites feuilles assez semblables à celles du buis. Pour me conformer à l'étiquette des montagnards et des touristes, j'en plaçai une touffe à mon chapeau. Traversant avec une nouvelle ardeur un terrain très-accidenté à travers les sapins, qui me dérobaient les cimes neigeuses, je me trouvai bientôt dans une gorge sombre et très-sauvage; tout à coup, je vis apparaître deux jeunes garçons d'une douzaine d'années. En souriant ils m'offrirent des myrtilles, petites baies noires sphériques, dont la saveur ne vaut pas celle de notre mûre sauvage. Ce fruit est pourtant une excellente ressource contre la soif; il vient sur un charmant arbuste, plus humble et moins fourni que la bruyère; c'est le sous-bois naturel des nobles forêts des hautes régions. Pendant que je savourais les myrtilles, j'avançais escorté de mes nouveaux compagnons. Ils paraissaient se plaire avec moi, et j'étais charmé d'entendre leur babil, quoique je ne pusse comprendre leur langage. L'un portait sur le dos

3.

une miniature de *brante* en bois, remplie de caillé; l'autre dans un sac de toile, une énorme provision de myrtilles. Ils s'aperçurent bientôt que je plaçais des fleurs dans mon *Manuel suisse* de Bædeker, et les voilà découvrant et m'apportant une quantité de fleurettes, afin d'enrichir mon herbier improvisé.

Nous arrivâmes ainsi près de Rosenlaui, où je les quittai pour gravir un sentier rocailleux qui conduit au glacier situé à six cents pieds plus haut. Un torrent s'en échappe et coule au fond d'une crevasse qu'on traverse à deux reprises sur de petits ponts branlants.

Le Weissbach est bien nommé (ruisseau blanc), car il apparaît parfois dans les rochers, comme un rideau de poussière blanche et vaporeuse. Enfin, j'atteignis une terrasse formée de pierres rendues glissantes probablement par le séjour des glaciers à une époque reculée. De là se présentent à la vue des arceaux de glace bleue, soutenus, il semble, par des piliers de cristal. Quelle sauvage grandeur! quel encadrement splendide! Ce glacier s'élève entre des parois de rocs gigantesques. Les yeux se promènent avec une sorte d'effroi sous les arcades fantastiques et couleur d'azur.

Mais craignant un orage, je descendis rapidement à Rosenlaui. La pluie m'y retint une heure environ. Puis, je me remis en route, longeant le cours du Reichenbach, dans une contrée aimée des peintres. Avant de quitter un bois pour traverser une prairie, je retrouvai les enfants aux myrtilles. Ils m'attendaient assis sous un arbre. Cette seconde apparition, dans un endroit qui prête au merveilleux, après un chant montagnard que j'avais lancé comme une évocation, fit naître dans mon esprit une idée folle. Avais-je devant moi deux *Bergmænnlein* (nains des montagnes) aux mines futées et sardoniques? Je repoussai cette pensée qui devait revenir plus tard.

Nous passâmes le Reichenbach sur un pont, et nous nous engageâmes dans un chemin pierreux qui conduit à Meyringen, ayant à gauche le ruisseau coulant au pied d'une paroi de rochers enrichis de cascades, et à droite des pentes roides et gazonnées. Tout à coup, d'un point culminant, je découvris un spectacle sublime. Ce furent d'abord les croupes verdoyantes de la chaîne qui sépare le Bas-Hasli des délicieux vergers du canton d'Unterwald. Le soleil éclairait les habitations éparses sur les pentes du Brunig. Puis la vallée s'offrit à mes regards, encadrée de hauteurs pittoresques qu'égayent encore de blanches cascades qui semblent glisser lentement le long de rochers couronnés de sombres sapins. Ces cascades vont mêler leurs eaux à celles de l'Aar, descendues du Grimsel, et ensemble vont s'épurer dans le joyeux lac de Brienz. Enfin apparut la perle du Hasli, Meyringen, le séjour favori des touristes. Derrière nous, des nuages gris aux franges argentées descendaient en voilant les sommets neigeux, et paraissaient défendre l'entrée de la vallée étroite et obscure.

II

L'émotion que j'éprouvais était grande. J'allais quitter pour ne plus les revoir peut-être ces sites bizarrement sauvages, gardés par des géants cuirassés de glace, et j'hésitais presque à diriger mes pas vers des contrées plus riantes.

Le Reichenbach, luttant contre les rocs qui encombrent son lit, et se préparant ainsi à l'élan gigantesque qui le pousse vers l'Aar, m'invitait à suivre ses bords. Je repris l'allure de route; mes compagnons, témoins des sensations que j'avais éprouvées, lesquelles s'étaient trahies par des éclats de rire mêlés de larmes, — ne souriez pas, cher lecteur, je vous souhaite de semblables émotions, — mes compagnons, dis-je, avaient malignement interprété ces éclats de rire intempestifs en me regardant de côté et se poussant du coude; mais je ne leur en gardai point rancune, et lorsque, après avoir atteint par un sentier humide et dangereux la chute supérieure du torrent, je récompensai enfin leur complaisance, ils ne se crurent pas quittes envers moi, et ils m'invitèrent par signes à les accompagner encore. Ils s'arrêtèrent bientôt devant une cahute en bois.

Leurs allures de plus en plus mystérieuses, leurs regards furtifs jetés à droite et à gauche, m'amenèrent à supposer qu'ils craignaient tout au moins d'être surpris en fraude, par quelqu'un de ces gens qui afferment les curiosités naturelles de ce pays, afin de prélever un tribut sur les voyageurs. Néanmoins, je regardai dans la cabane, et j'y vis un chamois humant par une étroite ouverture l'air saturé d'émanations alpines. Ses grands yeux noirs pleins de douceur avaient une expression de regret et de désir. Son cou élastique supportait gracieusement une tête ornée de deux petites cornes noires, qui vers leur sommet se recourbaient brusquement; la finesse de la bouche correspondait à la beauté des yeux. Son pelage d'une pâle couleur isabelle était bordé d'une raie noire sur l'épine dorsale. C'était un charmant spécimen de cette race qui confine à nos chèvres et à l'antilope d'Orient, et je l'admirais tout en déplorant que le noble animal ne pût jouir de la liberté pour laquelle il est né.

« Pauvre enfant des montagnes, pensai-je tout haut, que ne m'est-il permis de te rendre à cette nature alpestre que tu regrettes. »

Et j'allais m'éloigner pour ne pas retenir plus longtemps mes compagnons; mais ils avaient disparu. Je les cherchai en vain vers les sentiers environnants. L'idée des Bergmænnlein surgit de nouveau dans mon imagination; toutefois, me rappelant ma dernière largesse: « Bah! pensai-je, le billon n'aurait pas satisfait des personnages qui ont à leur disposition des monceaux d'or et de pierres précieuses. »

La nuit était encore éloignée, et Meyringen apparaissait au bas, dans la vallée, à une courte distance; personne ne m'attendait; je m'installai près de la cabane afin d'admirer le Reichenbach se précipitant par une large crevasse de rochers. Le bruit sourd du torrent, semblable au tonnerre lointain, la fatigue de la marche, une soif ardente, toutes ces choses réunies me plongèrent dans une vague rêverie où le fantastique se mêlait au réel.

J'en fus tiré brusquement par un soupir plaintif, qui me fit tressaillir, et mes yeux rencontrèrent un regard si étrangement expressif, si *parlant*, dirai-je, que j'y devinai tout un drame. A mesure qu'un courant sympathique de sensations et d'idées s'établissait entre cet être et moi, l'étonnement disparaissait pour faire place en mon cœur à un sentiment de curiosité bienveillante. Je faisais un rêve *vivant* dans lequel je percevais des impressions inconnues, un monde inexploré. Bientôt une voix doucement timbrée, aux intonations saccadées, parvint à mon oreille.

— D'où viens-tu, voyageur? me dit-elle. As-tu gravi de libres sommets?

Cette voix appartenait-elle à l'habitant de la cabane? Étais-je le jouet d'une hallucination? Non... j'avais réellement entendu, non bêler, ni siffler, mais parler un véritable chamois.

Je pus enfin répondre :

— Mes pieds citadins sont peu faits pour atteindre les sommets où se plaisent les tiens.

— As-tu aperçu quelqu'un de mes frères? Sont-ils encore troublés par les poursuites de ceux qui se donnent le titre d'humains?

— Les hautes cimes m'ont semblé désertes, et j'ai vu les carabines suspendues dans les chalets.

— C'est vrai, reprit-il. Les chasses sanguinaires ne reprendront que lorsque les miens seront forcés de chercher leur subsistance vers les pentes voisines des vallées.

Et un soupir plus navrant que le premier s'exhala d'une poitrine gonflée par une indicible souffrance.

Un désir ardent me poussait à hasarder à mon tour une question qui pût amener les confidences de cette créature.

— Y a-t-il longtemps que tu es privé de la liberté?

— Les neiges ont couvert dix fois nos Alpes défleuries depuis qu'un barbare m'a ravi aux chères solitudes que je n'espère plus revoir.

— N'as-tu pas essayé, ne peux-tu pas tenter encore de mettre un terme à ta captivité? Si je pouvais...

Une expression indéfinissable contracta la bouche du chamois.

— Ma prison est sûre, et l'intérêt guide mon geôlier. Combien lui as-tu donné de morceaux de métal pour t'approcher d'ici?

— Des enfants m'ont amené vers toi, et je n'ai pas rencontré ton gardien.

Pendant ce temps, j'examinais la construction de la cabane, et je cherchais à découvrir les moyens de rendre le pauvre animal à ses montagnes; mais jetant un coup d'œil aux alentours, je renonçai bientôt à ce projet. Les hommes étaient trop près, et les Alpes trop haut. Je saisis instinctivement mon porte-monnaie. « Que faudrait-il pour racheter, pensais-je, une liberté qui ne nuirait à personne ? »

Peut-être avais-je exprimé cette pensée, car le chamois reprit :

— Tu ne peux rien pour moi. Ma captivité est utile à mes frères. Tant qu'il passe ici des voyageurs, l'*homme* ne chasse pas. Je dois vivre dans cette prison, afin de procurer la paix à ceux qui parcourent les pentes herbeuses.

L'air comprimé d'une cabane n'avait pu avilir l'infortuné captif.

— Écoute, reprit-il, tu vas retourner vers tes semblables. Dis-leur que la force et la ruse sont employées dans ces contrées, où l'homme est libre, pour vouer à la mort des êtres faibles et sans défense.

— Hélas ! répondis-je, il en est ainsi partout où l'homme établit son empire. Dis-moi ton histoire, et je te promets de plaider la cause des tiens... Mais qui entendra ma voix ? pensai-je.

— Soit, reprit-il.

Et voici ce que me raconta le chamois du Reichenbach.

III

Aussi loin que remontent mes souvenirs, ils me rappellent ma famille vivant heureuse et tranquille sur des pentes couvertes d'herbes et de fleurs, près d'un glacier suspendu aux flancs d'un haut mont neigeux. Un jour, le silence de ces hautes régions fut interrompu tout à coup par des sons nouveaux pour moi. Je suivais ma mère qui me nourrissait encore de son lait (1), mes frères et mes sœurs étaient dispersés aux alentours. La mère de mon père, notre sentinelle ordinaire, fit entendre le sifflet d'avertissement, et toute la tribu se dirigea vers de plus hautes retraites. Mais la curiosité insouciante de la jeunesse me retint en arrière.

Les sons montaient toujours. Jusqu'alors je n'avais guère entendu que le murmure des cascades ou le bruit rauque et sourd que produit la chute des avalanches; parfois aussi le chant des petits oiseaux, lorsque nous descendions vers l'alpe avant l'apparition du soleil.

Notre sentinelle reconnut enfin que ces sons,

(1) L'allaitement du chamois dure dix mois.

de plus en plus distincts, annonçaient le retour des troupeaux, qui avaient passé la saison des neiges dans les étables des vallées. Elle siffla de nouveau et notre fuite fut interrompue. J'en fus bien aise. J'allais donc savoir d'où provenaient ces sons qui me charmaient. Je repris aussitôt ma course, malgré les appels réitérés de ma mère, pour aller au-devant du troupeau, qui, lentement, gravissait à la file le sentier des montagnes, m'exposant ainsi à tomber dans quelque abîme rocailleux, ou à glisser dans les crevasses du glacier que j'eus la folie de traverser à son extrémité.

Pour me punir, ma mère, qui me rejoignit bientôt, me lança quelques coups de cornes, et je me promis de ne plus la faire trembler à l'avenir par de nouveaux traits d'étourderie.

Quelques instants plus tard le troupeau déboucha d'un bois de sapins dans lequel il avait un moment disparu. La mère de mon père se mit à la tête de la tribu, afin de nous indiquer par là qu'il n'y avait aucun danger à craindre.

La première vache portait au cou une clochette dont la voix semblait chanter ; les autres en avaient de plus petites qui formaient un accompagnement très-agréable. Leurs belles cornes luisantes étaient ornées de fleurs ; la maîtresse vache se distinguait par le plus beau bouquet, ce dont elle paraissait très-fière.

Les pâtres modulaient des notes aiguës, que les échos des monts reproduisaient en même temps que la sonnerie du troupeau, et ces son réunis formaient une harmonie admirable.

Le soleil brillait sur les nappes neigeuses et sur l'herbe drue et fine des pâturages, toute parsemée de fleurs. Un vent doux soufflait et nous apportait l'odeur âpre et fortifiante des sapins. C'était délicieux ! jamais encore je n'avais autant joui. La vie me semblait si belle. Hélas ! j'étais alors dans les premiers enivrements de la jeunesse.

J'admirais surtout les pasteurs, ces êtres extraordinaires que je voyais pour la première fois, et dont je n'avais qu'une connaissance vague. Je savais pourtant que la mère de mon père ne les aimait pas. J'ai appris depuis lors tout ce qu'elle avait eu à souffrir de la part des hommes : ils lui avaient tué son époux et plusieurs de ses enfants. Seule elle survivait à sa génération.

Bientôt les deux troupes se rapprochèrent. Quelques chèvres escaladèrent les rochers sur lesquels nous étions postés, et je reconnus qu'elles nous ressemblaient beaucoup. Pendant ce temps les bergers déchargeaient leurs bagages, et les déposaient dans un chalet jusque-là inhabité.

Les chèvres, gaies et alertes, vinrent se mêler aux jeux des plus jeunes d'entre nous, et je me souviens encore des bonds et des gambades que nous exécutâmes de concert, en nous défiant à la course, sur les roches plus ou moins escarpées. Mais le soir arriva ; nos nouvelles compagnes furent rappelées pour être traites, et ce fut avec regret que je dus remonter avec les miens vers notre refuge habituel. Je dormis peu cette nuit-là, et j'entendis longtemps tinter les petites clochettes que mes nouvelles amies portaient au cou.

Les premiers temps après ce jour n'offrirent rien d'extraordinaire. Parfois, je descendais pour reprendre les jeux, et je me hasardais au milieu de ces belles vaches aux cornes si puissantes, que je redoutais d'abord ; mais je m'aperçus bientôt qu'elles ne voulaient pas user contre nous de ces armes terribles. Je ne descendais toutefois que lorsqu'aucun homme étranger n'apparaissait aux environs. Il y avait néanmoins un être qui me faisait trembler et dont je n'approchais jamais. Les bergers le nommaient Muni. C'était un taureau vigoureux et trapu, au corps ramassé. Il poussait parfois des beuglements sourds, et les vaches paraissaient être plutôt sous sa domination que sous celle des bergers. Une fois, il entra en fureur contre un pauvre chien qui ne lui avait fait aucun mal; seulement il avait donné un léger coup de dent à une vache, qui s'approchait trop d'un endroit dangereux. Muni se précipita en avant, la tête basse, la queue en l'air, et c'en était fait du chien s'il n'eût réussi d'abord à passer derrière des fragments de rochers, et enfin à se réfugier dans le chalet. Mais pendant le reste de la journée, Muni le guetta avec une obstination passionnée. Les hommes craignaient tellement le taureau qu'ils n'osèrent l'approcher pendant tout ce temps.

Le jour qui suivit, au moment où l'on trayait la vache de la veille, Muni entra de nouveau en fureur et attaqua le berger; mais avec un admirable sang-froid celui-ci saisit le taureau par une des cornes, et lui plongeant dans la gueule son autre main, il lui tordit violemment la langue, le força à se coucher et le mit ainsi hors de combat. Depuis lors, Muni devint un modèle de douceur, et n'attaqua plus ni l'homme ni le chien. Il était dompté.

IV

Les vents d'automne suspendaient la pousse des herbes, et la neige avançait chaque jour vers les pâturages. Les vaches et les chèvres allaient bientôt nous quitter pour descendre dans les vallées. Un soir, éclairés par la lune, nous regagnions notre gîte habituel parmi les blocs où nous passions les nuits. Je remarquais une certaine inquiétude chez les anciens de la famille. La mère de mon père voulait que nous abandonnassions la contrée. Que craignait-elle? Les pâtres nos voisins nous avaient jusque-là témoigné de l'amitié, en nous laissant brouter en toute liberté. Selon moi, ils ne pouvaient être soupçonnés de nous vouloir du mal. N'avais-je pas entendu le plus âgé des bergers dire à un jeune chevrier : « Gars, je ne voudrais pas pour deux louis que tu allasses dire le secret de nos chamois. » Hélas ! j'étais loin d'avoir alors l'expérience de la vie, car mes cornes paraissaient à peine (1).

(1) Les cornes du chamois percent vers l'âge de trois mois, et elles croissent pendant trois années.

Vers la fin de ce jour, un inconnu était arrivé au chalet, vêtu comme les autres hommes, et il avait eu un entretien avec le chevrier, puis il avait erré autour du pâturage, examinant les lieux où nous paissions. Il était évident, selon la mère de la tribu, que c'était un chasseur qui venait épier nos habitudes.

Mon père, qui s'occupait peu de nous, ne partageait point les craintes de sa mère et de la mienne. Il s'opposa à la fuite, et malheureusement il fut soutenu par les autres pères et par les plus jeunes membres de nos familles. Nous étions si bien établis dans une contrée où la vie était facile, près de forêts qui offriraient un abri et quelque nourriture pendant la saison des neiges! Rien ne fut décidé. On résolut d'attendre le retour du soleil.

Nous nous installâmes donc dans un ravin parsemé de pierres, pendant que les mères, plus prudentes, s'établissaient sur un point plus élevé. Longtemps avant l'aube l'une d'elles se posta sur un roc, d'où elle pouvait surveiller les alentours et faire entendre au besoin le signal d'alarme.

Dès qu'une lueur blanche annonça la fin de la nuit, quelques-uns de mes frères se disposèrent à descendre en paissant; mais nos mères, perchées plus haut, donnèrent des signes d'inquiétude. Elles pressentaient sans doute un danger imminent. Et pourtant un léger brouillard, en couvrant la surface des pâturages, cachait le chalet des bergers et nous empêchait de rien distinguer, même à une courte distance. Nous restâmes immobiles, aux aguets, depuis le plus vieux bouc jusqu'au plus jeune faon. Enfin au sifflement, poussé par une des mères, la retraite commença, lentement d'abord, vers les hauteurs couvertes de neige. Chaque bloc, chaque paroi de rocher, devenait l'objet ou le lieu d'un examen attentif. Au moment où le soleil apparut, nous aperçûmes une forme humaine postée sur une élévation dégagée de brume. La mère ne s'était donc pas trompée. Était-ce l'homme de la veille? était-ce un de ses campagnons? Nous sûmes malheureusement plus tard à quoi nous en tenir. La fuite recommença. Nous arrivâmes à la file sur une arête qui se prolongeait à droite et à gauche. Tournant de ce côté, afin de nous éloigner du danger, nous reprîmes notre course sous la conduite du bouc le plus résolu du troupeau. Nous espérions atteindre ainsi un endroit où nous pourrions nous mettre à l'abri de la poursuite de l'ennemi. Nous en étions séparés par une crevasse, facile à franchir pour un chamois, mais qui devait arrêter un homme. Nous y touchions, et déjà nous entendions le murmure d'un torrent qui coulait au fond du précipice, lorsqu'un bruit terrible se fit entendre, répété, comme le roulement du tonnerre, par l'écho des montagnes. Néanmoins la crevasse fut franchie et notre fuite, rendue plus rapide par la frayeur, nous porta sur une terrasse étroite, où nous nous arrêtâmes enfin, et d'où nous pûmes sans danger embrasser tout le terrain parcouru durant notre retraite.

Hélas! il manquait un membre du troupeau... C'était mon père... Nous avions passé près d'une embuscade où se tenait un chasseur, complice de l'homme que nous avions d'abord aperçu. J'avais entendu pour la première fois la détonation d'une carabine, et la balle avait atteint mon malheureux père à la tête ou au cœur. Nous vîmes bientôt son pauvre corps pantelant, sur les épaules du meurtrier, qui remontait lentement une pente abrupte, située à l'extrémité évasée de la crevasse, vers le glacier qui donnait naissance au torrent.

Je ne saurais te dire, voyageur, ce que j'éprouvai alors, et ce ne fut qu'après quelques instants que je pus me rapprocher de ma mère, dont le désespoir était au comble. Mes caresses furent sans effet contre sa douleur. Quant à la mère de mon père, avec le dernier de ses enfants elle perdit dès lors toute sa prudence ordinaire, et pendant plusieurs jours elle erra vers l'endroit où il avait été frappé, au risque d'y trouver à son tour la mort qui l'avait jusque-là épargnée.

Elle nous rejoignit enfin dans la retraite inaccessible que nous nous étions choisie. Mais l'hiver nous gagnait, et il fallait abandonner ce lieu, où la nourriture nous aurait manqué. Nous redescendîmes, afin de nous établir dans une forêt, où le soleil était encore visible pendant la plus grande partie du jour, et dans laquelle, suivant les mères de la tribu, nous n'aurions point à craindre les avalanches.

Notre subsistance y était au moins assurée pendant quelque temps. La mousse, les lichens, les longues tiges desséchées de l'herbe qui avait crû dans les clairières de cette forêt fournissaient suffisamment à nos besoins, et bientôt j'oubliai que j'étais orphelin. Mais la neige tomba avec abondance; elle recouvrit partout notre pâture, et c'était avec peine que nous parvenions à déblayer quelque espace où souvent nous ne trouvions qu'une chétive nourriture. Oh ! comme je songeais alors aux jeunes rameaux de l'alperose et aux aiguilles de sapins que j'avais dédaignés naguère ! Mais ces regrets ne pouvaient remédier à notre triste situation, et nous étions devenus maigres et languissants au point de faire pitié, même à des chasseurs.

V

Après bien des jours qui me paraissaient interminables, un vent étrange s'abattit par bourrasques sur les sapins qui nous abritaient (1). D'abord très-froid, il ne tarda pas à s'échauffer, et pendant plusieurs jours il nous remplit d'inquiétude et de malaise; nous dûmes quitter la forêt, afin de chercher un refuge paisible au fond d'une gorge. Bientôt l'air devint très-chaud, la couche de neige fondit avec rapidité autour de notre retraite, les torrents grossirent leurs eaux, et en s'écoulant avec bruit entraînèrent les branches brisées et même les arbres que la violence du vent avait déracinés. Les escarpements rapprochés des vallées restaient couverts de bandes de brouillards, pendant que les sommités reparaissaient pures et dégagées de nuages. Ce vent qui venait, semblait-il, du soleil, annonçait l'approche de la belle saison. En peu de jours la verdure reparut, et nous pûmes avec plaisir commencer à

(1) Le *fœhn*, vent chaud qui précède le retour du printemps.

brouter l'herbe nouvelle. Nous touchions à la fin de la famine qui nous avait épuisés, et la tribu remonta au-dessus des forêts. Il y eut bien encore des retours de froid vif, mais nous en souffrîmes peu, car il nous suffisait de redescendre, pour remonter ensuite vers les rochers dès que le soleil dissipait les brouillards.

Mais avec le beau temps devaient venir d'autres dangers. Maintes fois les anciens du troupeau nous avaient mis en garde contre un couple de gros oiseaux qui avaient établi leur aire sous une saillie d'un rocher très élevé. Ces oiseaux (1) voraces et féroces faisaient une guerre continuelle aux marmottes, aux lièvres, aux corneilles et en général aux petits animaux qui vivent sur les hauts pâturages et aux abords des forêts, où eux-mêmes ne peuvent pénétrer, à cause de l'étendue de leur envergure. Un matin nous paissions tranquillement, lorsque tout à coup les accenteurs, les farlouses et les pinsons des neiges cessèrent leurs chants. En élevant instinctivement nos regards vers le ciel, nous découvrîmes un point noir, mobile, qui grandit bientôt et s'approcha en tournoyant. Nous reconnûmes alors l'un des oiseaux de proie. Le troupeau tout entier, averti par nos

(1) Le gypaëte barbu, ou læmmergeier.

sentinelles, se groupa, inquiet, au centre du pâturage. L'oiseau tournait toujours, remontait, descendait, en jetant son affreux cri qui nous faisait bondir le cœur. Puis, il s'élança vers l'abîme au bord duquel nous paissions quelques instants auparavant. Il y disparut un moment. La mère de mon père était demeurée seule, malgré les avertissements de ses compagnes. L'oiseau tout à coup reparut, s'éleva très-haut et se précipita vers elle, cherchant à la frapper de son aile vigoureuse. Je t'ai dit, voyageur, que depuis la mort de son dernier né toute prudence avait abandonné notre mère. Néanmoins, à la vue du danger elle sembla se relever et vouloir nous rejoindre ; mais l'ennemi l'inquiétait ; par son vol rapide et étourdissant il cherchait à la pousser vers le précipice. Elle reçut plusieurs coups d'aile qui la firent d'abord trébucher ; enfin, l'aigle s'enleva et plana quelques instants sur nos têtes ; nous crûmes qu'il s'éloignait ; mais, vain espoir ! c'était pour se lancer de plus haut vers la proie qu'il avait choisie. Ce nouvel effort rendit plus puissant un dernier coup d'aile qu'il lui lança, et nous vîmes la victime disparaître en même temps que l'oiseau dans les profondeurs de l'abîme. Elle y fut brisée sans doute, car nous n'entendîmes que les cris de l'oiseau rapace, qui reparut emportant vers son aire des lambeaux de chair palpitante. Plusieurs fois nous fûmes témoins de ce douloureux spectacle avant de nous résoudre à fuir ces lieux désolés.

Nous nous retirâmes dans une partie plus solitaire de cette région, loin des alpes visitées par les troupeaux, évitant ainsi la présence de l'homme, des aigles et des ours. Nous dîmes adieu aux pâturages verdoyants, aux plateaux couverts des mille fleurs du printemps, pour aller, parmi les éboulis, sur les escarpements les plus sauvages, chercher les touffes d'alpe-roses qu'on ne peut nous y disputer. Les glaciers même nous procurèrent des retraites cachées; il s'y trouve des îlots de terre où pousse une herbe tendre et serrée, au milieu de pics effrayants, d'abîmes de glace et de neige fondante.

Ce fut un triste été pour tous. Je pensais quelquefois à la mort de mes parents, mais l'espoir déçu de revoir les vaches et les chèvres, nos amies, à leur retour sur les pâturages me désolait plus que je ne saurais le dire. Tu dois t'étonner, voyageur, de trouver de tels sentiments chez un chamois!

Je ne pus lui répondre qu'en soupirant, et en songeant que, trop souvent, nous valons moins que tels ou tels animaux.

— Pourtant, reprit-il, nous quittions parfois ces lieux où l'homme n'atteint que rarement, et nous recherchions des pentes plus faciles, des croupes arrondies où nous trouvions une nourriture succulente. Mais plusieurs fois, découverts par nos ennemis, il nous fallut regagner les terrasses les plus inaccessibles pour échapper à la fureur de l'homme. Quelques mâles du troupeau furent tués durant les chasses de cette année ; d'autres furent dévorés par les ours. Une mère aussi fut atteinte par la balle d'un chasseur maladroit..., car vous ménagez nos femelles par calcul... ; son petit se laissa prendre sur le cadavre qu'il n'avait point abandonné, et il est probablement, comme moi, livré quelque part à la curiosité de tes semblables. Qu'avions-nous fait à ces monstres? Notre chair est-elle donc plus délicate que celle des animaux qui vivent dans les plaines? A la fin de la saison nous n'étions plus que cinq d'un troupeau naguère très-nombreux.

Mais je touche à la fin de mon histoire. Voyageur, ne t'impatiente pas. Un hiver précoce s'annonça plus terrible que le premier. Les nuées grisâtres de l'arrière-saison disparurent sous les souffles violents de la bise, et la neige tomba de bonne heure; les forêts même furent envahies et ne nous offraient plus que les lichens attachés aux troncs des sapins ; car partout une épaisse couche de neige couvrait la terre. La faim inassouvie, la fatigue occasionnée par des recherches presque inutiles, nous épuisèrent chaque jour davantage. Et cette affreuse saison dura de longs mois. Nous ne soutînmes notre faible existence qu'au moyen du gazon flétri que nous pouvions trouver au péril de notre vie sur les versants exposés au soleil, et d'où les avalanches se précipitent dans les abîmes. Quels tristes jours, et quelles nuits lugubres ! Mais nous n'étions pas au bout de nos misères, quoique l'hiver touchât à sa fin.

Un soir, par une violente tempête, nous dûmes nous réfugier sous les branches basses des sapins; il s'y trouvait encore de rares places libres de neige ; quelques brins d'herbe sèche nous offrirent un dernier repas.

Durant la nuit la neige tomba avec une sorte de fureur. Les branches nous mettaient à l'abri, mais elles allaient nous retenir dans une dure captivité. Comment l'aurions-nous prévu? Et l'eussions-nous pu, où nous retirer? La tourmente s'étendait sans doute au loin, et des flots de neige empêchaient de voir à quelques pas. Ce fut une nuit terrible. Et quel lendemain !... Nous nous trouvâmes emprisonnés sous les sapins, et il fut impossible de percer le rempart glacé ; l'obstacle résista, tous nos efforts furent vains. D'ailleurs nos forces étaient épuisées. Combien de temps restâmes-nous ainsi ? Je ne sais. Bientôt je fus plongé dans une espèce de torpeur, qui m'ôta la connaissance de ce qui se passait autour de nous. Enfin je revis la clarté du jour, mais c'était comme dans un rêve... La neige avait disparu ; nous étions donc libres !... Hélas ! non. Les bourreaux de ma race, devinant peut-être notre dernier asile, si rapproché de leurs habitations, avaient profité sans doute de notre triste situation pour s'emparer des survivants du troupeau. J'appris depuis qu'un de nos compagnons était mort de faim, et ma mère ne survécut que quelques jours à la perte de sa liberté. Les deux autres, ayant repris rapidement de l'embonpoint, furent emmenés un jour ; je ne les revis plus. Et moi. . . .

. . . .

— Eh ! monsieur, êtes-vous indisposé ? Puis-je vous être utile ?

Ces paroles interrompirent à cet endroit la narration de l'habitant de la cahute, et je reconnus, dans celui qui me les adressait, un jeune voyageur allemand que j'avais rencontré au glacier de Rosenlaui ; il était accompagné d'un guide.

Je remerciai le voyageur en souriant, afin de le rassurer sur ma situation. Puis je voulus me lever, pour me rendre avec lui à Meyringen. Mais il me sembla que tout tournait autour de moi, hommes et montagnes. Je dus me rasseoir et tirer ma gourde, où je retrouvai quelques gouttes d'eau de cerises qui me ranimèrent. L'aimable jeune homme s'enquit alors de la cause qui avait pu amener l'état de faiblesse dans lequel il m'avait trouvé. Je lui parlai de mon entretien avec le chamois.

En souriant il s'approcha de la cabane, et il adressa quelques mots en allemand au chamois, dont il ne reçut point de réponse. Puis il lui demanda en français :

— Veux-tu converser aussi avec moi ?

Le chamois s'était retiré dans l'angle le plus obscur de la cabane.

— Il faut avouer, reprit le voyageur en se tournant vers moi, qu'il vous est arrivé une étrange aventure. Mais la nuit arrive, dites adieu à votre ami, et dirigeons-nous vers Meyringen. L'heure du souper va sonner à l'hôtel du Sauvage.

Je vis briller une dernière fois le regard du pauvre captif, et, lentement, soutenu par le bras de l'excellent jeune homme, je descendis dans la vallée.

Quelques heures plus tard, je dus raconter au voyageur l'histoire du chamois. Il m'écouta gravement, avec intérêt. Mais lorsque je fus sur le point de me retirer, il me prit la main en souriant :

— Bonne nuit, cher monsieur; surtout, n'allez pas rêver que vous entretenez des relations plus ou moins agréables avec les ours et les aigles de ces montagnes.

J'eus grand'peine à m'endormir cette nuit-là, car longtemps cette pensée me revint : « Etait-ce vraiment un songe ?..... »

Imprimerie D. Bardin, à Saint-Germain.

www.ingramcontent.com/pod-product-compliance
Ingram Content Group UK Ltd.
Pitfield, Milton Keynes, MK11 3LW, UK
UKHW020317220726
13923UKWH00003B/1210